A Elizabeth Edwards

ESTE LIBRO ES
UNA OBRA DE FICCIÓN.
CUALQUIER PARECIDO CON
ALGÚN CANDIDATO DEL
PASADO, DEL PRESENTE O
DEL FUTURO ES
PURA COINCIDENCIA.

# OTTO SE PRESENTA PARA

# PRESIDENTE

## ROSEMARY WELLS

SCHOLASTIC INC.

NEW YORK   TORONTO   LONDON   AUCKLAND   SYDNEY
MEXICO CITY   NEW DELHI   HONG KONG   BUENOS AIRES

**EN LA ESCUELA LADRADELFIA** se iban a celebrar elecciones.

—Todo aquel que consiga cincuenta huellas de patas se puede presentar a presidente de la escuela —anunció la Sra. Kibbler.

—¿Quién crees que ganará? —le preguntó Otto a su mejor amiga, Melanie.

—¡Ganará Tiffany! —gritaron todas las chicas populares—. ¡Tiffany es la más linda y la más lista!

—¡Charles! ¡Charles! ¡Charles! —gritaron los deportistas—.
¡Charles es el capitán de todos los equipos!

—Yo quiero ser presidenta —les dijo Tiffany a su madre y a su padre.

—Cariño, eres la chica más popular de quinto grado —contestaron—.
Te ayudaremos a ganar las elecciones. ¡No te preocupes!

—¡Quiero ganar! —les dijo Charles a su mamá y su papá.

—¡Cuenta con nosotros! —dijo su mamá.

—Haremos que ganes —dijo el papá de Charles.

¡VOTA POR LO FUERTE!
¡VOTA POR CHARLES!

¡VOTA POR LO LINDO! ¡VOTA POR TIF!

Pusieron carteles por todas las paredes de la Escuela Ladradelfia.
En los casilleros pusieron adhesivos. Al final del primer día, Tiffany y
Charles tenían todas las huellas de patas que necesitaban.

¡Sitios reservados en la
cafetería! ¡VOTA POR TIFFANY!

¡Refrescos en la fuente de agua!
¡VOTA POR CHARLES!

La madre de Tiffany convenció a las animadoras de la escuela de que cantaran "¡Tiffany vencerá, ra ra ra!"

El padre de Charles contrató un famoso club de animadores para que cantaran la canción de la lucha del bulldog en los partidos de fútbol de la Escuela Ladradelfia.

—Increíble —dijo Otto—. Son imparables.

—No sé por qué son tan populares —dijo Melanie—. Solo se preocupan de sí mismos y de nadie más.

De pronto, a Otto se le ocurrió una idea.

—Me voy a presentar a presidente —dijo.

Empezó a preguntar a sus compañeros qué necesitaban en la Escuela Ladradelfia.

—¿Quién quiere más carne en la comida? Yo quiero sandía —dijo Berty.

—Olvídate de los monopatines en los pasillos, lo que necesito es alguien que me ayude con la tarea —dijo Martha.

—Deberíamos tener unos cinco minutos de música cada mañana —dijo Bettina.

—¿Qué les parece tener toallas más grandes en las duchas del gimnasio? —sugirió Boris.

—Una excursión al Concurso Canino del Madison Square Garden animaría mucho a todos —dijo Carlos.

—La banda de la escuela necesita unos bongos nuevos —dijo Peter.

El papá de Charles siguió involucrado en la campaña.

¡HAMBURGUESAS GIGANTES EN LA CAFETERÍA!

BATIDOS TAMBIÉN

¡VOTA POR CHARLES!

OTRO CANDIDATO

—¿Hamburguesas gigantes y batidos? Eso sí que estaría bien —dijo Melanie.

–¡No es justo! –gritó Tiffany–. ¡Voy a perder! ¡No puedo ni respirar!

–Somos mucho más listas que Charles –dijeron Ashleigh y Jasmine, las mejores amigas de Tiffany.

Al día siguiente aparecieron unas notas rosas y amarillas en los casilleros.

—No es verdad. ¡Nunca he copiado! —gruñó Charles.
—¡No te preocupes! —dijeron los amigos de Charles, Mike y Bucky.

¡Tiffany! ¿Gastó el dinero... de la clase en... productos para el pelo?

Unos panfletos misteriosos aparecieron en la cafetería esa misma tarde.

A Tiffany le dio un ataque.

—¡No es verdad! ¡Es mentira! —lloriqueó.

—Esto lo arreglamos nosotras —dijeron Ashleigh y Jasmine.

¡CHARLES COPIA!  ¡CHARLES COPIA!  ¡CHARLES COPIA!

Al día siguiente aparecieron unos botones en los asientos del autobús.

—No te vas a dejar intimidar por unos cuantos botones —dijeron Mike y Bucky.

Por la noche, apareció un cartel gigante en la pared del gimnasio.

TIFFANY
¡Gastó el dinero en ella!
¡Está mal
para la escuela Ladradelfia!

Mientras tanto, Otto consiguió sus cincuenta huellas.

Escuchó a todos y cada uno de los estudiantes de la escuela, hasta los de kindergarten que querían mantas para la siesta.

—Ahora tenemos que hacer galletas para la campaña —dijo Otto.

—Las haremos juntos —dijo Melanie.

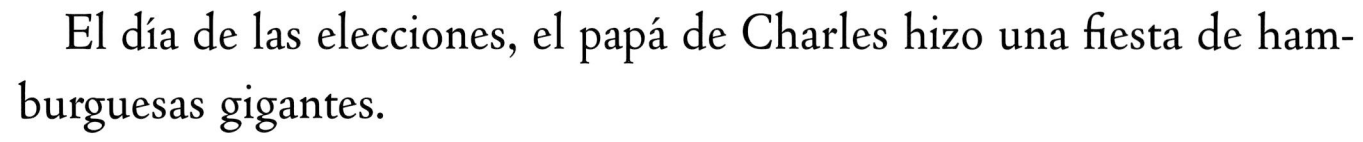

El día de las elecciones, el papá de Charles hizo una fiesta de hamburguesas gigantes.

—¡Quiero agradecerles de antemano a todos los que van a votar por mí! —dijo Charles—. ¡Nací para ser líder!

La madre de Tiffany organizó un desayuno de panqueques la mañana de las elecciones.

—¡Voy a ganar yo! —dijo Tiffany—. ¡Yo! ¡Yo! ¡Yo!

Otto ofreció sus galletas.

Todo el mundo se puso en
fila para votar.

—Tengo los dedos cruzados —dijo Otto.
—Yo tengo cruzados los dedos de los pies —dijo Melanie.

La Sra. Barkus contó las papeletas. Le pidió al Sr. Bozal, el director de la escuela, que las contara él también.

—¡Tenemos un nuevo presidente! —dijo el Sr. Bozal—.
¡Es Otto!

Todo el mundo aplaudió, hasta los de kindergarten.

—¡El año que viene ganarás!
—dijo el papá de Charles.

—La Escuela Ladradelfia
es un poco infantil, cariño
—dijo la madre de Tiffany—.
En la escuela secundaria vas
a arrasar.

—Es el día de las sandías en la cafetería, hemos recibido las mantas de siesta para los de kindergarten y tenemos que organizar la excursión al Concurso Canino de Madison Square Garden —dijo Otto—. ¡Ser presidente es un trabajo muy duro!

—Vamos a hacer más galletas —dijo Melanie—. ¡Para todos!

ISBN-13: 978-0-545-04182-9
ISBN-10: 0-545-04182-1

12 11 10 9 8 7 6 5 4 3 2 1      08 09 10 11 12 13/0
Printed in Singapore    46    First edition, May 2008

This book was set in 20-point Cloister Old Style.
Book design by Elizabeth B. Parisi
Handlettering by Rosemary Wells, Michael Syrquin,
and Elizabeth B. Parisi

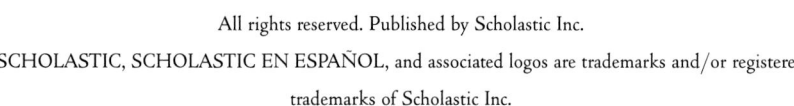
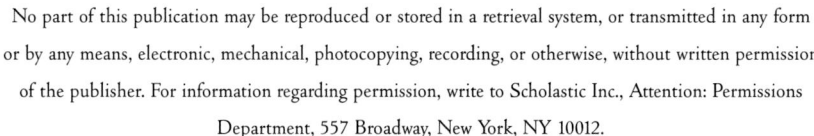
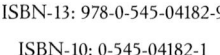